Vente le Jeudi 2 Mai 1872

TABLEAUX

ANCIENS ET MODERNES

COLLECTION

DE FEU LE BARON CLARY

EXPOSITIONS

PARTICULIÈRE	PUBLIQUE
Le Mardi 30 Avril 1872	Le Mercredi 1er Mai 1872

Me ESCRIBE	M. HARO
COMMISSAIRE-PRISEUR	PEINTRE-EXPERT

1872

IMPRIMERIE J. CLAYE
RUE SAINT-BENOIT 7
PARIS

Vente le Jeudi 2 Mai 1872

TABLEAUX

ANCIENS ET MODERNES

COLLECTION

DE FEU LE BARON C***

EXPOSITIONS

PARTICULIÈRE	PUBLIQUE
Le Mardi 30 Avril 1872	Le Mercredi 1er Mai 1872

Me ESCRIBE	M. HARO
COMMISSAIRE-PRISEUR	PEINTRE-EXPERT

1872

CE CATALOGUE SE DISTRIBUE

A PARIS CHEZ

Me ESCRIBE	M. HARO
COMMISSAIRE-PRISEUR	PEINTRE-EXPERT
6, rue de Hanovre, 6	14, rue Visconti et rue Bonaparte, 20

CONDITIONS DE LA VENTE

Elle sera faite au comptant.

Les acquéreurs payeront *cinq pour cent* en sus des adjudications.

CATALOGUE

DES

TABLEAUX

ANCIENS ET MODERNES

DE LA

COLLECTION DE FEU LE BARON C***

DONT LA VENTE AURA LIEU

HOTEL DROUOT, SALLE N° 8

Le Jeudi 2 Mai 1872

A 2 HEURES 1/2 PRÉCISES

EXPOSITIONS

PARTICULIÈRE	PUBLIQUE
Le Mardi 30 Avril 1872	Le Mercredi 1er Mai 1872

DE 2 HEURES A 5 HEURES

Me ESCRIBE	**M. HARO, peintre-expert**
COMMISSAIRE-PRISEUR	CHEVALIER DE LA LÉGION D'HONNEUR
6, rue de Hanovre, 6	14, rue Visconti et rue Bonaparte, 20

1872

TABLEAUX

ANCIENS ET MODERNES

DÉSIGNATION

TABLEAUX

ANCIENS ET MODERNES

—

BOTH (ANDRIES)

1. — Buveurs et Fumeurs.

Signé sur la table : A. Both 1631.

B. — H., 0^{m},32 c. ; L., 0^{m},40 c.

CHARPENTIER

2. — La Cruche cassée.

B. — H., 0^{m},55 c. ; L., 0^{m},55 c.

CALAME

3. — Le Lac.

Paysage, étude d'après nature.

H., 0m,33 c.; L., 0m,52 c.

CALAME

4. — Les Bords du lac.

Paysage, étude d'arbres.

H., 0m,25 c.; L., 0m,38 c.

CALAME

5. — Le mont Blanc.

Étude d'après nature, prise de la vallée de...

H., 0m,23 c.; L., 0m,38 c.

CORNÉLIUS DE HARLEM

6.— **Les Trois Parques.**

Provenant de la galerie du cardinal Fesch.

H., 0m,82 c.; L., 1m,10 c.

CUYP (A.)

7. — **Portrait d'enfant : le prince d'Orange.**

Collection du duc de Modène.

Très-belle conservation et magnifique signature. A. Cuyp fecit.

B. — H., 0m,40 c.; L., 0m,30 c.

DECAMPS

8. — **Paysanne italienne.**

Une jeune paysanne italienne, assise sur la rampe d'une terrasse, est occupée à filer. Effet de soleil couchant.

Ce tableau est connu sous la dénomination de *La Fileuse*.

Signé à droite : Decamps.

T. ovale. — H., 0m,56 c.; L., 0m,45 c.

DECAMPS

9. — La Bûcheronne.

Une vieille paysanne et un jeune enfant se reposent dans la forêt où ils ont été faire des fagots.

Effet de soleil couchant.

T. — H., 0^m,32 c.; L., 0^m,24 c.

DELAROCHE (Paul)

10. — Le Christ au jardin des Oliviers.

Signé à gauche : Paul Delaroche.

T. — H., 0^m,15 c.; L., 0^m,44 c.

DIAZ (N.)

11. — Le Rendez-vous dans la forêt.

Paysage avec figures.

Signé : N. Diaz, 1856.

T. — H., 0^m,81 c.; L., 0^m,65 c.

FRANCK (F.)

12. — Les Œuvres de miséricorde.

Tableau des plus remarquables par la belle composition, l'expression des figures et son éclat.

Provient de la galerie de Pommersfelden.

Signé : D. O. F. Franck ; in. et f.

B. — H., 1m,05 c. ; l., 0m,60 c.

GÉRICAULT

13. — Officier de chasseurs à cheval de la garde impériale, chargeant.

Le cheval gris pommelé, vu par la croupe, se cabre tandis que son cavalier, le sabre à la main, se retourne vers la gauche.

(Esquisse du grand tableau), mentionné dans l'ouvrage de M. Clément sur Géricault.

T. — H., 0m,53 c. ; l., 0m,40 c.

HEEM (Jan Davidz de)

14. — Nature morte et accessoires.

Sur une table, on voit pêle-mêle des écrevisses, des poissons et des accessoires de salle à manger.

B. — H., 0^{m},34 c.; L., 0^{m},43 c.

INGRES

15. — Achille, retiré dans sa tente, reçoit les envoyés d'Agamemnon.

Esquisse du tableau.

Premier grand prix de Rome, 1801, appartenant à l'École des Beaux-Arts.

Signé à gauche : Ingres.

B. — H., 0^{m},27 c.; L., 0^{m},35 c.

LAMBINET (Émile)

16. — **Paysage.**

Les bords de l'Oise.

B. — H., 0^m,39 c. ; L., 0^m,66 c.

LAZERGES

17. — **La Rêverie.**

B. — H., 0^m,35 c. ; L., 0^m,50 c.

MABUSE (Jan van) ou GOSSAERT

18. — **Danaé.**

Dans un édifice de forme circulaire, sous une coupole soutenue par des colonnes de marbre, Danaé, assise sur des coussins, reçoit la pluie d'or sous laquelle se cache Jupiter.

B. — H., 1^m,14 c. ; L., 0,96 c.

MOUCHERON (Fréderick)

19. — Paysage, avec figures.

T. — H., 0^m,98 c. ; L., 1^m,16 c.

NEEFS (P.)

20. — Intérieur d'église au moment du saint sacrifice de la messe.

Magnifique conservation ; provient de la vente de la galerie Salamanca.

B. — H., 0^m,32 c. ; L., 0^m,24 c.

NEER (Art.)

21. — Effet de neige.

Des patineurs s'exercent sur un canal bordé de maisons.

Signé à gauche du monogramme.

B. — H., 0^m,38 c. ; L., 0^m,56 c.

NYTS (Y.)

22. — Paysage avec petites figures.

Dans le fond d'une vaste plaine, une ville, située près d'un fleuve, est entourée, ainsi que ses dépendances, de bastions et de fortifications.

Signé et daté à gauche : J. Nyts f. 1663.

B. — H., 0m,61 c. ; L., 0m,37 c.

OUDRY (J.-B.)

(Élève de Largillière.)

23. — Chiens de chasse et gibier.

Au pied d'une rampe massive, sur laquelle est une corbeille de fruits, pêches et raisins, est étendue une biche morte ; à côté, à demi enfoncé sous le feuillage de roses trémières est placé un carnier contenant du gibier mort ; deux chiens semblent garder le butin.

T. — H., 2m,92 c. ; L., 1m,80 c,

OUDRY

24. — Grande décoration, pendant du précédent.

Un cygne de grandeur nature est effrayé par l'approche d'un roquet; au premier plan, des canards; sur la berge, des poissons, etc., etc., complètent cette composition.

Ces deux tableaux ont été peints sous la direction de Largillière, qui aimait Oudry entre tous ses élèves; ils rappellent beaucoup la manière, les décorations peintes par Largillière lui-même pour son habitation, et qui décorent aujourd'hui un de nos plus beaux hôtels.

Ces deux grands panneaux ornaient la salle à manger du fameux banquier Law.

T. — H., 2^m,92 c.; l, 1^m,65 c.

PORBUS (LE JEUNE)

25. — Portrait en pied de Christine de Savoie, fille de Henri IV et de Marie de Médicis.

T. — H., 1^m,93 c.; l., 1^m,17 c.

POTTER (PAULUS)

26. — Le Pâturage.

Sur le devant d'une vaste prairie où paissent des bestiaux, plusieurs vaches, chèvres et chevreaux sont au repos, couchés sur l'herbe : c'est l'heure de midi ; un pâtre qui les garde joue de la flûte; à droite, une vache noire tachée de blanc, debout, mugit à l'approche de l'orage.

A gauche, des saules, un bois, encadrent la prairie où se distinguent dans le lointain des animaux d'une finesse microscopique; à l'horizon, une chaumière au milieu de futaies se détache sur un ciel orageux.

Le paysage et les animaux sont peints avec une vérité, une simplicité d'allures et une perfection inimitables : les premiers plans et les lointains sont d'une finesse merveilleuse.

Le peintre a été plus qu'un copiste fidèle de la nature; après examen on est attiré par l'art puissant et la naïveté si habile qui lui ont permis de rendre avec tant de naturel ce qu'il avait si bien observé.

Signé à droite, sur un tronc d'arbre : Paulus Potter f.

T. — H., 0m,43 c.; L., 0m,85 c.

POUSSIN (NICOLAS)

27. — Jupiter et Callisto.

Jupiter, sous la forme de Diane, séduit Callisto.

Ce tableau a été gravé par J. Daullé, qui a dédié son travail à M. Betzky, général-major et chambellan de Sa Majesté impériale de toutes les Russies.

Ce tableau a appartenu à M. Mesteil des Andelys.

Dimension du tableau, cadre compris, 2m,25 c. sur 1m,90 c.

ROBERT (LOUIS-LÉOPOLD)

28. — La Bénédiction de l'abbesse.

Composition des plus intéressantes par le sentiment religieux et le mérite de l'exécution.

Collection du prince Napoléon.

Signé à gauche et daté : L. Robert, Rome 1821.

T. — H., 0m,62 c. ; L., 0m,48 c.

ROUSSEAU (PHILIPPE)

29. — Écureuil. (Charmant.)

B. — H., 0^{m},25 c.; L., 0^{m},33 c.

RUYSDAËL (J.)

30. — Clairière dans une forêt.

Au premier plan, une cascade: à droite, un grand chêne; dans le fond, des rochers boisés.

Un rayon de soleil qui passe à travers des nuages orageux éclaire le paysage. Au troisième plan, des bergers ramènent leurs moutons.

Provient de la célèbre collection de S. Exc. le comte de Brahe.

Signé à droite : J. Ruysdaël.

T. — H., 1^{m}; L., 1^{m},32 c.

SCHEFFER (Ary)

31. — La Marguerite au rouet.

Assise près de son rouet dans le vieux fauteuil, elle a laissé échapper son livre d'Heures, et, les mains croisées, reste plongée dans une profonde rêverie.

T. — H., 1^m,20 c.; L., 0^m,90 c.

TIÉPOLO (D.)

32. — Moïse sauvé des eaux.

T. — H., 0^m,70 c.; L., 0^m,98 c.

TIÉPOLO (D.)

33. — Éliézer et Rébecca à la fontaine.

Pendant du précédent.

T. — H., 0^m,70 c.; L., 0^m,98 c.

TROYON

34. — Pâturage.

Vaches au repos, à la lisière d'un bois bordant une prairie de la Normandie.

Signé à gauche : C. Troyon.

B. — H., 0m,48 c. ; L., 0m,63 c.

WATERLOO (Ant.)

35. — Paysage.

T. — H., 0m,80 c. ; L., 0m,87 c.

WATTIER (Émile)

36. — La Déclaration.

Signé : Émile Wattier.

T. — H., 0^{m},31 c. ; L., 0^{m},45 c.

37. — Sous ce numéro, plusieurs tableaux seront vendus séparément.

DESSINS
ET AQUARELLES

DESSINS ET AQUARELLES

BOUCHER

38. — **Pan et Syrinx.**

Aquarelle et gouache.

Cette composition a été gravée par Martenasie.

CALAME

39. — **Le Torrent dans la vallée.**

Aquarelle.

Signé : Calame.

CALAME

40. — Le Torrent dans les sapins.

Aquarelle.

Signé : A. Calame.

VILKIN

41. — La visitation de la Vierge.

D'après le tableau de Sébastien del Piombo.

La Vierge, accompagnée par deux femmes, est reçue par sainte Élisabeth : on aperçoit plus loin, à droite, Zacharie qui descend les degrés d'un péristyle.

VILLE (P. A. fils)

42. — Amusements du jeune âge.

Dessin à la sanguine.

Signé : P. A. Ville, filius.

Gravé par A. Chevillet.

PARIS. — J. CLAYE, IMPRIMEUR, 7, RUE SAINT-BENOIT. — [805]

www.ingramcontent.com/pod-product-compliance
Ingram Content Group UK Ltd.
Pitfield, Milton Keynes, MK11 3LW, UK
UKHW021033260726
13994UKWH00005B/2116

9 782329 470429